内山孤遊句集

僕から離れぬように

東奥日報社

目次

第1章　弘前川柳社・本社例会より

六〇句

出目金よ僕の未来も見ておくれ

百の空映して散ったしゃぼん玉

どう解くギザギザが付いてる誤解

ただ朱く成る鬼灯を責められぬ
空缶を蹴ったカランと泣きました
鈍行で揺れると僕が見えてくる

失恋の坂にブレーキ跡がある

俎にドン渦中の人になる

生真面目の評を持つのも肩が凝る

誕生日何も摑んでない両手
台所から見える母さんの空
面皰ひとつ内気な僕の叫びです

転がって初めて石は光り出す

僕の児だ頭の渦が右にある

真実一路黙って蕎麦の花が咲く

駄馬は駄馬なりに描いてる世界地図
僕の知らない女に変えてしまう紅
片減りの靴ですパントマイムする

千手観音優しい母が見えてくる
なんてごつごつしてるんだ正義感
人間社会をぽりぽりかじり出す乳歯

アドリブで組み立てられぬ冬の窓

疑問みな持ちながら回転木馬

プラットホームにピエロの面が落ちている

歩かねば寂しがり屋が追って来る

タンポポよおまえは誰のために咲く

雪灯り冬には冬の愛がある

赦せない花が一本あるのです
逃げて逃げて細ーくなってしまう脛
生真面目が過ぎてぎっくり腰になる

負け戦言い訳ばかり吐いている
逃げませんアクシデントと四つに組む
闇鍋ばくばくみんなで夢を突っついた

原発反対たまに停電あっていい
見せて見せてと明日を見たがる幼い児
万華鏡覗くこの世は戯画ですね

揺れながら積み上げられた介護録

菜の花畑で迷子になった認知症

釣竿の先で浮世を見てる僕

夫婦箸ぶつかり合って黄昏る

寅さんがいません市場原理主義

ポケットに悲劇を詰める喜劇王

雑踏の中からだって見える空
百鬼夜行何でもありの人の道
この世にはいっぱいありますね地雷

何を喰っても壊れない僕の腹
木漏れ日を繋げてゆくときみになる
糊しろにべったり僕を塗っちまう

どうすれば出来るのだろう手前味噌

のけぞった背骨ぽろぽろ脆くなる

ざぶんざぶんとぶつかって来る人の波

ぎっくりぎくり俗世に耐えている腰だ
ぽぽーっと汽笛微かに吐いて逝った父
納豆ぐちゅぐちゅ明日が見えるまで混ぜる

金平糖かりかり捨ててない希望
反射式ストーブと向き合う　独り
嘘を吐くぎゅーっと縮む影法師

悔いはあります晩秋を折り畳む
胃袋ぐにゃりごくんとヒトを呑みました
寅さんが振られるてやんでーバーカ

第2章　各種大会より

六〇句

正座する私のエゴも少し折る
たったひとつの和音になってゆくふたり
杜子春が拒んだ母という踏み絵

五十音の海からひろう水子の名
被らねばならぬ男の泥がある
今は這う虫です炎抱いてます

細い細い脚ですだけど逃げません

北はどっちだろうなぁ僕の羅針盤

また揺れているちっぽけな正義感

挫折して段々太くなる背骨
汚れてる彩も男の虹である
ガタンゴトン躓きながらゆく銀河

コップ酒にポトンと今日の陽が沈む
引き出しを開けた父の樹海だった
夕焼け小焼け弱虫くんが映る窓

ひとが逝く砂それぞれが抱く指紋

胃カメラが診る酒飲みの青い海

割っても割ってもすぱっと割れぬ僕である

落書きを黙ってさせた父の背中
僕だけがどぶんと飛び込める机
誹謗中傷いっぱい浴びて鴉カァー

十指みな艶歌になって黄昏る
ビートルズ解散ネクタイを締めた
越えても越えても親父の山がデンとある

ただがぶがぶ祖国の水を飲んでいる

継ぎはぎがあるけどこれが僕の空

線香花火ぽとり人って死ぬんだね

何度火を握り潰したのだろ父

触れちゃ駄目だよ恥ずかしがりのしゃぼん玉

分けても分けても寄せて来る人間の波

青空はぐさぐさ刺されても青い
何故どうしてまた傷口が病んでいる
子が生まれさあ父親の貌を彫る

咲いているのかも知れない認知症
岩塩ぴりりきみにはきみの謳がある
重箱の隅で人間臭くなる

鰑じゅるじゅるほんとにきみは短気だね

泣きながら虹をボキッと折りました

ヘンな貌でしょ毟られた貌なんで

人間万歳独りになったけど叫ぶ
あー五十路小骨ばかりが増えてくる
泣いて笑ってひょうたん島で僕は死ぬ

サバ缶むしゃむしゃ退職なんかするもんか
薄っぺらな青空だったのか離婚
そして凪次の調停まで遊ぶ

木漏れ日と遊ぶ哀しい時だから
海原が呑み込む離婚届一枚
いつからか曠野を見てた釦穴

ちっぽけなちっぽけな人間だ僕
海鼠よ海鼠きみは幸せだったよね
塩っぱい塩っぱい人間を掻き分けてゆく

何故きみは剥いだのですか青い空

寂しくて抱いてしまった朧月

カップメンずるずる負けないよ初日

酒はいいなぁ今日を捲ってくれるから
痩せこけた肋だけれど闘った
主文聞くぽろぽろ落ちた僕の棘

一本だけど心臓に毛が生えてます
曇天だけど口笛を吹くラブミードゥ
あの隅でいいから二等星になる

第3章　弘前川柳社・林檎集より

六〇句

堪え忍ぶ噂に羽根が生えるまで
次の駅にはいい人がきっといる
あと少し耐えれば見れたふきのとう

無欲恬淡ほんとA面だけの父
不細工な胡瓜と話込んでいる
愛はあるのです絡まる毛糸玉

落日が気になり出した二等兵

眉間から兵一匹が離れない

胸底に賞賛されぬ絵がたまる

春分の日に父親になりました
児をあやすおどけてしまうこの僕が
満ち足りた一日にする児の寝顔

虹ってなぁにいつかこの子も聞くだろう

斬ることが仕事なのです花鋏

さよならを言わねばならぬ踏線バス

子等は皆父の肋をよじ登る

冷たいとよく言われます無影灯

またもがくただのオヤジになるもんか

諦めた分だけ増えてゆく小骨

手の平で溶ける雪ああ解けぬきみ

貼っても貼っても空から父が落ちて来る

ねぷたの日ヤーヤドーッて父が逝く

描きかけの蝶が黙って翔んでゆく

まだ父を彫りきれてない一周忌

悪態をつかねばきっと着く港

大腸カメラついに下から覗かれた

本当は甘えたかったプチトマト

父の荷を一つずつ解き三回忌

沢庵ガリガリこれも生きてる僕の音

胃袋ぐにゃり矢でも何でも降ってこい

朝顔よ搔き分けて来たんだね　夜
人偏の横でとことん僕を描く
神様はいるよね僕を観てるよね

キミだけは離れないよね影法師

執行委員長百円マック喰っている

放射能漏れがじりじりじりり続くきみ

上野でも自宅でも立ち呑みである
日常の真後ろにある被告席
指切りも針千本も嘘でした

ほっとする独りぼっちの家なのに
ギターぼろろん誰も知らない僕の謳
もう怖くない八月三十日

娘の顔が思い出せなくなるのです
夢見る者失意する者吊し姉
アストラと13年の恋終わる

弘前公園僕のカウンセラーである
朧月ごしごし拭いたことがある
雪印コーヒーキミも支援者だ

しゃぼん玉屋根まで翔んじゃいけないよ
眼裏の森田童子と冬を踏む
酒を飲む解けぬ指があるのです

独りですパノラマなんか大嫌い

父と飲む八月二日七回忌

胸底になんでメロスがいるんだよ

美人だけ落ちる穴だけ掘っている
三枚おろしずたずたにされるかも
あるんだね月を抱いてる水鏡

正論をどばどば吐いてチビッてる

七・二六何も告げずに逝った母

掻き分けて生きねばならぬのか　独り

第4章

青森県川柳社・百彩の虹、一路集、山家集より

六〇句

致死量を他人に明かさぬのが夫婦

うさぎ年ふたりぼっちにいい噺

春分の日きみからもらう父の役

泣き止んだ児の瞳に僕が映ってる
また一本分別のある骨になる
不条理を噛めなくなってきた奥歯

僕の肋を揺する娘は満二歳
なにこれって僕のホコロビ引っぱる児
ストレスと知らずむしゃむしゃ喰っている

もう三歳ちょこんと羽根が生えていた
おーい川こんなに大人になりました
誰だろう描いてくれる青い空

馬鹿だけど僕美しい馬鹿になる
プライドのところどころに節がある
胃袋に出来てしまった裁判所

沢庵をかりかりかじる三歳児
細い細い脚でライダーキックする
玉石混交許せぬ石があるのです

きみの手のアートなんだね握り飯

触れて下さい薔薇の刺僕の棘

一面タンポポ勝ち組みも負け組もいる

ひまわりのほっぺにあった泣きぼくろ
スルメじゅるじゅる成るようにしか成らぬ
青い空だって叩くと出る埃

雪しんしん白いだろうか僕の骨
そして晩秋父を敷きつめている
離婚するべきか最終観覧車

またお出で見詰めて去った雪うさぎ

某月某日家裁が僕の貌を彫る

自販機ぼとり主文一人ぼっちに処す

不機嫌な回転ドアに関わって
鬼太郎に聞きたい鬼は女でしょ
いいことは何もないけど叫ぶイェー

プライドにコブラツイスト掛けられる
ひりひりします神様が呉れた疵
舞台続く今度の役は被告です

何故キミは佇っているのですか　孤独
寂しいと叫んでみたい喉仏
もう水はやらなくていい赤い糸

逆立ちをするとぼたぼた落ちるボク
こんな片減りでも人が寄って来る
離婚一年ここが僕の爆心地

雪降ろし簡単じゃない僕の屋根
男はねポーッと汽笛吐くんだよ
のっぺらぼうなんかになってたまるかよ

びしびしのこの着ぐるみと黄昏る

花は咲くよねオーバーザレインボー

一合の米を研いでる五十六

コワレモノ注意自分に貼りました
もう縫わぬ靴下の穴僕の穴
目玉焼き二つ焼きますすなんちゃって

母さんごめん杜子春になれませんでした
まるくない夕日に逢った泣けてきた
ちっぽけなロッケンロール抱いている

何やってんだかどうせダンゴになるのにね
この貌の責任者です五十六
淋しいね二人で漕いだ舟だから

肩と背に雪止めがあるのです僕
女偏隣に寄っていいですか
中ジョッキでちびちびヒトを呑みました

第5章　陸奥文芸より

六〇句

頷いてばかりで項病んでいる
明日から出直し五線譜を延ばす
転がった分だけまるい雪だるま

信号が見えぬ人間交差点
まだジクジクきっと欺瞞を抱く傷だ
火の海に遭うかも知れぬ封を切る

陰口がよく吹き溜まる花図鑑
今日も曇天赦せるようになりました
捨てるのも抱くのも自由です微罪

人は皆放物線を描いてゆく

人間なんか嫌いです張りつめた弓

雨音が雨音のまま日曜日

人を赦せない氷柱が太くなる

青空を切り取っている貧しい掌

丸腰で歩くと人が寄って来る

指揮棒を長ーく見せるのが指揮者
真っ直に生きても落書きをされる
僕の背骨をぐぐっと揺らすちっちゃい手

ラムネ玉からららん明日は晴れるよね

許せないのですまた深爪になる

かすみ草前世は美人だったろう

ああ僕の吃水線はどこだろう
納豆ぐちゅぐちゅ何度混ぜたら夜が明ける
からんガランと雄弁であるラムネ玉

幸せの味と匂いは無味無臭
鏡見るコレで世渡りしています
哀しみを潤ませているうさぎの瞳

生きて浪浪こんなにあった僕の棘
すーすーしますきみに裏返えされた僕
体育系なのか文系なのか僕

磨かねばじわじわくすみ出す美学
皺くちゃのキャンパスだけど夢を描く
許そうよ僕もツミビトなんだから

進化なのだろうか涙脆くなる
夜空からぽろぽろ落ちるモノローグ
酒を飲む解ける物と縛るモノ

幸せの海は以外と遠浅で
開くでも閉じるでもない拗ねた傘
ワンカップまず飲む僕のナイトショー

違う違うと何枚空を剝がすのか
花時計じーっと耐えていたんだね
こんな運命線だけどよく洗う

平凡を審判してはいけないよ
粛粛と毎夜孤独を折り畳む
胃袋の中は静かに歩いてね

ダンボールみたいな家にいる　独り
雪を掻く自分の貌を彫るように
僕の貌を受け止めている水鏡

帰りたいのですカァーと啼いてくれ
長い長い独り芝居をする五十路
千切れ雲繋ぎ止めてはいけないよ

幕の外弁当ばかり喰っている
幸せをつまんでるのはピンセット
仮縫いのままで舞台に立っている

捲ってはいけないよ闇は闇だから

独りです鍋物なんか大嫌い

綿ごみの中で死ぬのもいいかもね

ケンとメリー僕はいまでもケンである
ちっぽけな舟にまだある不発弾
大きめの穴を堀ってるけど　独り

第6章　東奥文芸より

六〇句

がたんごとん親父みたいな汽車になる

真っ直に一人称を寝押しする

薔薇という漢字を描けなかったバラ

色褪せたブルースだけど抱いている
あたしってさぁ引き算ばかりしちゃうんだ
テンカウント聞いてから人間として

蛇口半開生きてゆくってこんなこと
一匹になって男の貌を彫る
生きるって案外あっち向いてホイ

両手からぽろぽろ木漏れ日が落ちる
結び目の中に吹雪がひとつある
僕らしい骨が何本あるだろう

バリウムでぐぐっと縮むこれが僕
髪を梳くきみが落としてるのは僕
寂しくてまた釣糸を垂れている

父という免許に挑む僕である
僕だけが落ちる歪な穴がある
しばらくは三日月のまま生きてゆく

本当にわがままだなぁ腹の虫
振り向くと父が汽笛になっていた
児よ済まぬああ下手くそな子守唄

彫って彫られてああこれが僕の貌
辛い辛いって叫んでたんだね釦穴
家裁前いつも落ちてる赤い糸

モノローグばかりになった洗濯機

青空が嫌いになったんだね　きみ

生き方はいっぱいあるね昼の月

遠浅の海で刃傷沙汰になり
鰯じゅるじゅるまるまってれば済んでいた
朽ちるまでこの炎天を抱いてゆく

溺れたことがありますこんな水溜り
陽水を一枚纏い黄昏る
淋しくて月を毟っていたんだね

失礼しますまた物差しを当てている
分別も疵も持ってる深海魚
もう誰も抜いてくれない僕の棘

好きなだけ耄ればいいさ僕の貌
大根ごろりもう恋なんかしないから
影法師キミは分かってくれるよね

稜線をそっと辿ったもらい泣き
こんな凪なのに溺れる人がいる
山折り谷折りただそれだけなのに別離

僕は僕はとぁふれてしまう備考欄
また入りたくなるのです縄電車
ボキッバキッとまた無駄骨を折っている

こんな僕でも映してくれる雪明かり
日曜日なのに亡父の樹を揺する
大概はペンペン草になってゆく

背伸びしてまた冬の絵を見てしまう
そんな物ないです僕の説明書
いい加減笑ってみろよおい　孤独

人生は切り取り線をなぞる旅
一枚の桜の花びらにならん
胸底のメロスにいつも詫びている

駆け込み乗車はおやめ下さい絶望列車

もうゆくよ水平線を描いた母

無駄めしになるかも知れぬけど旨い

拭いても拭いてもきれいに見えぬ朧月
形状記憶間違っていないよね僕
僕らしい貌になるまで酒を飲む

あとがき

360句の選句、東奥日報からの試練だった。新聞下段の東奥文芸叢書の広告、川柳の20番目、最下段に僕の名が載っている。どうやって360句を拾えばいいのか。睡眠5時間の自分にそんな時間はあるのか。はっきりと辞退すればよかった…。そしてまた広告を目にしてまた悔む。労組会議を捨てて2月20日、土曜日から作業を始めた。これまで自分の句と再会することはなかった。川柳を始めた頃の稚拙な句たちと向き合う。その時代がよみがえって来る。妻がいて、二人の娘がいて、そして父がいて、母がいた。――そしてみんないなくなってしまった。本当に孤遊になってしまった。

30代の生意気だった頃、勉強会で岸柳さんに言われた。「四面楚歌とあるけど、孤遊さんはまだ本当の四面楚歌を経験したことがないと思う」。

僕は嘘のない僕を描くようになっていった。同時期、青森市での大会へ向かう列車で推敲していると鉄男さんが寄って来た。「何やってら。どれ見せで。――うーむ、これだばまいね。第一にこれから戦場に向かうという時に、いまこういうごとしてるんだばまいねね。鎧、兜を着けないで行くのと同じだ」そう断じ、一大会一冊の鉄男ノートを見せられた。そんなことがあって少しずつ僕の句が抜かれるようになった。でも思う。僕の十七音字は川柳じゃないなぁ。これからもとことん僕の三行詩を描いていこうと思う。いつの日かこの本が二人の娘の手に届くことを願って。

平成二十七年四月

内山孤遊

著者略歴

内山孤遊（うちやま　こゆう）

一九五八年弘前市生まれ。本名内山宏。弘前市医師会付属高等看護学院卒業。放送大学卒業・教養学士。三十歳で陸奥新報みちのく時事川柳から川柳を始める。青森県川柳大会九六年第五十回第二位県議会議長賞、同〇三年第五十七回・〇九年第六十三回第三位青森市長賞。十三年川柳忌県下川柳大会で初めての第一位。〇一年青森県川柳年度賞。青森県川柳社理事。弘前川柳社副主幹。陸奥新報映画散策の会で月一回映画評寄稿。マラソン大会年八レース。ホノルル、ニューヨーク、台北マラソンにも参戦。放送大学青森学習センター学友会会長。つがる総合病院労組執行委員長。十一年から独身。

住所　〒〇三六―八〇五二
青森県弘前市大字堅田三丁目二四―九
電話　〇一七二―二六―一八五一

東奥文芸叢書　川柳20

内山孤遊句集　僕から離れぬように

発行　二〇一五（平成二十七）年八月十日
著者　内山孤遊
発行者　塩越隆雄
発行所　株式会社　東奥日報社
〒030-0180　青森市第二問屋町3丁目1番89号
電話　017―739―1539（出版部）
印刷所　東奥印刷株式会社

ISBN－978－4－88561－205－3　C0092　￥1200E

東奥日報創刊125周年記念企画

東奥文芸叢書　川柳

高田寄生木　千島　鉄男
岡本かくら　岩崎眞里子
渋谷　伯龍　高瀬　霜石
野沢　省悟　工藤　青夏
むさし　千田　和美
斉藤　劦　須郷　井蛙
佐藤　古拙　角田　古錐
笹田かなえ　福井　陽雪
滋野　さち　鳴海　賢治
斎藤あまね　内山　孤遊

（第一次配本20名、既刊は太字）

東奥文芸叢書刊行にあたって

青森県の短詩型文芸界は寺山修司、増田手古奈、成田千空をはじめ日本文学界をリードする数多くの優れた文人を輩出してきた。その流れを汲んで現代においても俳句の加藤憲曠、短歌の梅内美華子、福井緑、川柳の高田寄生木など全国レベルの作家が活躍し、その後を追うように、新進気鋭の作家が次々と現れている。

1888年（明治21年）に創刊した東奥日報社が125年の歴史の中で醸成してきた文化の土壌は、「サンデー東奥」（1929年刊）、「月刊東奥」（1939年刊）への投稿、寄稿、連載、続いて戦後まもなく開始した短歌・俳句・川柳の大会開催や「東奥歌壇」、「東奥俳壇」、「東奥柳壇」などを通じて、本州最北端という独特の風土を色濃くまとった個性豊かな文化を花開かせてきた。

二十一世紀に入り、社会情勢は大きく変貌した。景気低迷が長期化し、核家族化、高齢化がすすみ、さらには未曾有の災害を体験し、その復興も遅々として進まない状況にある。このように厳しい時代にあってこそ、人々が笑顔と元気を取り戻し、地域が再び蘇るためには「文化」の力が大きく寄与することは間違いない。

東奥日報社は、このたび創刊125周年事業として、青森県短詩型文芸の優れた作品を県内外に紹介し、文化遺産として後世に伝えるために、「東奥文芸叢書（短歌、俳句、川柳各30冊・全90冊）」を刊行することにした。「文化」の力は地域を豊かにし、世界へ通ずる。本県文芸のいっそうの興隆を願ってやまない。

平成二十六年一月

東奥日報社代表取締役社長　塩越　隆雄